河馬１００句

坪内稔典　句集

もくじ

I

2025年

ごろ寝して冬のあのカバ空海か

文旦か河馬になったか知らんけど

ツツパッパカバはカバ語を生きて春

風光るアリストテレスもカバもいて

イデアかもぐちゃぐちゃのカバ春のカバ

ぐちゃといて河馬かも春の余りかも

発情のカバの鼻息春の月

春暁のくるくる動くカバの耳

桜咲くカバもわたしも哺乳類

桜散るカバと並んで寝ていたい

短足も腹の太さも春のカバ

カバはバカバカはカバかも桜散る

カバ浮いて老人も浮き春だ春

カバ泳ぐ春たけなわの水割って

泳ぐカバ泳ぐおばさん春の昼

カバ浮いて春の地球がやや軽い

八月のアフリカ状に溶けて河馬

アフリカの夕べのように夏のカバ

アフリカの地図のかたちの夏のカバ

カバがいて蟻いて夏の動物園

九月来て固まるものにカバと意地

十月のカバと目が合い謝った

ふて寝とは秋のカバとか老人か

アンドロメダ銀河のかけら秋の河馬

Ⅱ　2020年代

水ぬるむカバにはカバが寄り添って

「リスボンの窓」（2024年）7句

父の日はカバにまず会え君たちよ

寒晴れの男はいいぞ河馬だって

カバはバカバカバカカバちゃん水ぬるむ

文旦とカバとあんパンそしてオレ

カバだカバ秋を転んでカバだカバ

桜咲くピカソはカバと不和である

春よ春カバはでっかいうんこです

「早寝早起き」（2020年）2句

もしかしてカバが来るのか花曇り

Ⅲ　２０１０年代

たっぷりもどっぷりもカバ夏のカバ

「ヤツとオレ」（2015年）20句

目が浮いて晩秋のカバ水のカバ

だれそれに浮沈があって夏のカバ

夕立の中心になるカバのデカ

カバのデカ死んで日本の油照り

カバを見て宇治金時へ来たばかり

カバの目の漆黒が澄む水が澄む

思慕募る赤いカバまで来た午後は

哲学の日和ぐちゃっと赤いカバ

赤いカバ哲学的に寝そべって

そうめんを食べた日赤いカバ見た日

文旦とカバは親戚ねんてんも

水脱いで春の真昼の河馬ニトン

水脱いで午前十時の初夏のカバ

水を出るぐんにゃりと出る夏のカバ

へなちょこもカバも午前の虹の中

神様の落胆みたい赤いカバ

西瓜割る上野のカバに会ってきて

寝そべって一山となる冬の河馬

寝そべって山の息して冬の河馬

Ⅳ 2000年代

桜散る沈んで河馬は水になる

「水のかたまり」（2009年）8句

カバというかたまりがおり十二月

一月のカバ逆立ちをしたいカバ

卒業の一団河馬もいるだろう

七月の水のかたまりだろうカバ

立春のカバの目玉の黒が浮く

立春のカバ瞬間の立ち泳ぎ

万年の水のかたまり夏の河馬

秋の夜の鞄は河馬になったまま

「月光の音」（2001年）9句

口あけて全国の河馬桜咲く

全国の河馬がごろりと桜散る

恋人も河馬も晩夏の腰おろし

横ずわりして水中の秋の河馬

なっちゃんもてっちゃんも河馬秋晴れて

水澄んで河馬のお尻の丸く浮く

秋晴れてごろんと河馬のお尻あり

河馬のあの一頭がわれ桜散る

V　1990年代

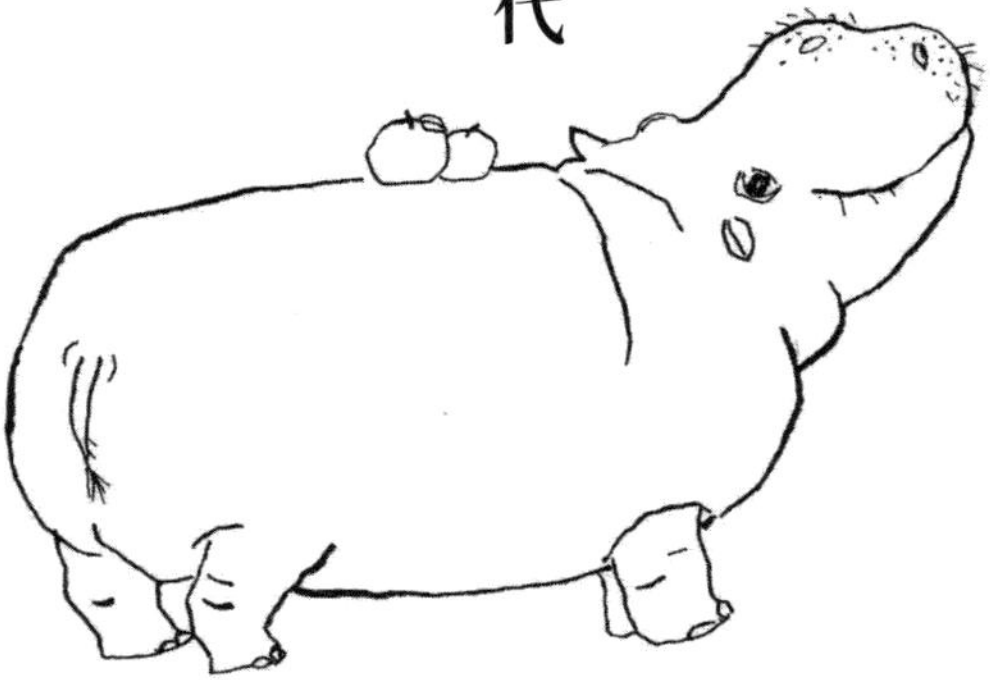

河馬までの冬の日踏んで恋人は

「ぽぽのあたり」(1998年)9句

正面に河馬の尻あり冬日和

冬の日に尻を並べて河馬夫婦

ぶつかって離れて河馬の十二月

岩に置く顎岩になり冬の河馬

桜咲く河馬は口あけ人もまた

炎天やぐちゃっと河馬がおりまして

ああ顎が目覚めているよ春の河馬

大粒の三月の雨河馬の口

平成の春のあけぼの河馬もいる

「人麻呂の手紙」（1994年）2句

秋風に口あけている河馬夫婦

河馬へ行くその道々の風車

百年の家（1993年）3句

桜散る河馬と河馬とが相寄りぬ

小春日や河馬に涙の湧くような

Ⅵ　1980年代

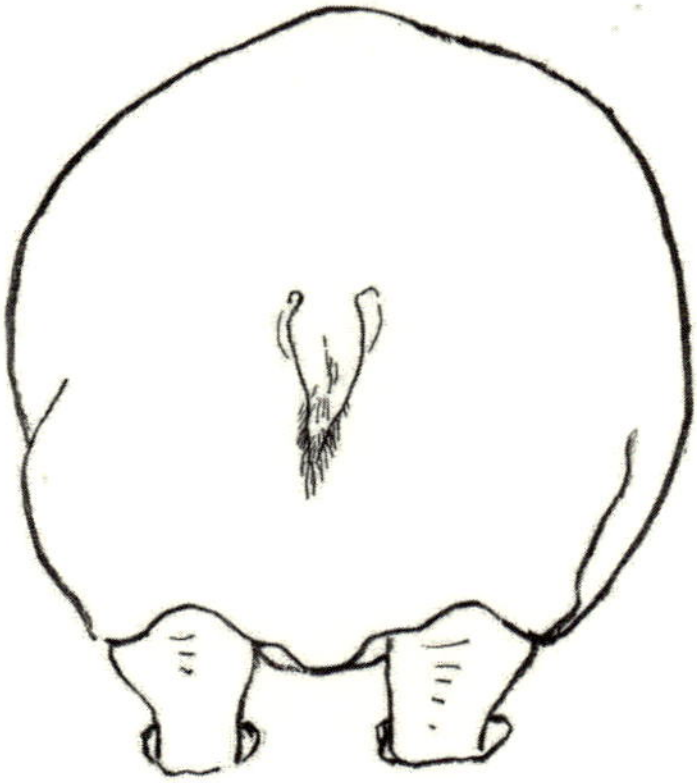

今は昔の口開けている秋の河馬

猫の木（1987年）8句

秋の夜はひじき煮なさい河馬も来る

七月の河馬へ行こうか、ねえ、行こう

遠巻きに胃を病む人ら夏の河馬

七月の河馬へ行く人寄っといで

河馬たちが口あけている秋日和

河馬になる老人が好き秋日和

みんなして春の河馬まで行きましょう

春を寝る破れかぶれのように河馬

落花落日（1984年）5句

河馬を呼ぶ十一月の甘納豆

恋情が河馬になるころ桜散る

桜散るあなたも河馬になりなさい

水中の河馬が燃えます牡丹雪

風呂敷をはい出て燃える春の河馬

わが町（1980年）3句

日ざらしの河馬が口あけ一日あけ

河馬燃えるおから煎る日を遠巻きに

あとがき

カバ（河馬）が好きだ。どうして好きなのか、何が好きなのかはエッセー集『カバに会う』に書いている。「日本全国河馬めぐり」とサブタイトルのついたこの本は二〇〇八年十一月に岩波書店から出た。要するに、ボクはカバを一方的に愛し（いくらボクが愛してもカバは知らんふりだ）そのことを通して自分を元気づけてきたのである。

この句集『河馬100句』は、ボクの河馬への思い、あるいは河馬から受けた刺激を起点にして、ボクと河馬のいる風景を五七五の言葉で表現したものだ。別の言い方をすれば、ボクと河馬のいる〈五七五の言葉による百枚の絵〉だ。読者の方が気に入りの絵を一枚でも見つけてくれたら作者としてはとても嬉しい。

ちなみに、表紙・カバーの絵は米津イサムさん。扉の河馬は内藤美穂さんの作である。

米津イサムさんは版元の知り合いのプロのイラストレーター、内藤さんはボクが瞠目している画家。彼女は日本絵手紙協会の人気講師だが、軽やかで明るく、そして大胆なその図柄がボクは大好きだ。

最後になったが、版元の松山たかしさんとは大学生時代に知り合った。ボクらは大学生協の食堂の皿洗い仲間だった。その彼を俳句に引きこんだのは多分ボクである。彼は広告業界で活躍し、定年退職後に象の森書房を設立した。この書房、俳句専門の出版社ではないが、彼は自身の晩年の仕事としてかなり俳句にのめり込んできているように見える。その彼にあおられるかたちでこの『河馬100句』が実現した。桜のころ、彼を誘って大阪市の天王寺動物園を訪ね、串カツとビールでボクらの晩年をささやかに祝いたいと思っている。

二〇二五年二月

坪内稔典

坪内稔典（つぼうち　ねんてん）

1944年4月愛媛県佐田岬半島生まれ。俳人。京都教育大学・佛教大学名誉教授。公益財団法人柿衛文庫理事長。晩年の言葉を磨く場を標榜する俳句結社「窓の会」の常連。句集『リスボンの窓』（ふらんす堂）、評論集『老いの俳句』（ウエップ）、評伝『高浜虚子』（ミネルヴァ書房）、エッセー集『モーロク日和』（創風社出版）など多数。大阪府箕面市に住む。